Rascal, 1959 in Belgien geboren, lebt zusammen mit Sophie und drei Kindern auf dem Land. Er schreibt und illustriert Bücher für Kinder, von denen *Stationen* 1993 mit dem Premio Grafico der Kinderbuchmesse Bologna ausgezeichnet wurde.

Sophie, 1964 in Korea geboren, wurde mit sieben Jahren von einer belgischen Familie adoptiert und kam nach Europa. Zwanzig Jahre später besuchte sie mit Rascal das Land ihrer Kindheit, was ihn inspirierte, *Tinka* zu schreiben, das zu Sophies erstem Bilderbuch wurde. Sophies Lust zu malen geht auf ihre Zeit im Waisenhaus in Seoul zurück, wo die Malkunst einer älteren Mitbewohnerin sie in ihren Bann schlug.

Für meine Eltern, Maurice und Marie-Jeanne
Sophie
Heute gehört dieses Buch Dir, mehr als mir.
Rascal

© 1995 Moritz Verlag, Frankfurt am Main
Alle deutschsprachigen Rechte vorbehalten
Die französische Originalausgabe erschien 1994
unter dem Titel *Moun* bei Pastel
© 1994 l'école des loisirs, Paris
Druck: Grafiche AZ, Verona
Printed in Italy
ISBN 3 89565 032 3

Rascal · Sophie

TINKA

Aus dem Französischen von Barbara Haupt

Moritz Verlag
Frankfurt am Main

Als Tinka zum ersten Mal
in die Welt blinzelte,
tobte noch immer der Krieg.

Mit Feuer und Bomben
vernichtete er alles,
was ihm in den Weg kam.

Bald gab es nicht mehr genug zu essen.
Darum baute der Vater aus Bambusholz
eine kleine Kiste, um Tinka
auf die andere Seite des Meeres zu schicken.
Er legte sein Kind hinein,
und mit ihm eine letzte Hoffnung...

Arm in Arm brachten die Eltern
in einer Mondnacht
die kleine Kiste zum Meer.
Sie drückten sie ein letztes Mal
innig ans Herz
und schauten bekümmert zu,
wie die Flut und der Wind
ihr Kind davontrugen.

So begann Tinkas lange Reise, schaukelnd auf dem Rücken der Wellen.

An einem Morgen im Frühling
wurde die kleine Kiste
mit einem Schwarm Muscheln
und Seesternen an Land gespült.
Ein verliebtes junges Paar
hatte sie vom Fenster
seines Dünenhäuschens
im feuchten Sand entdeckt.
Sie zogen sich hastig an
und liefen zum Strand hinunter.

Gemeinsam lösten sie
den dicken Knoten der Schnur,
und als sie das Baby
mit den Mandelaugen fanden,
wußten sie, daß es ihr erstes Kind
sein sollte.

Ein langer, tiefer Schlaf half Tinka,
sich allmählich von der Angst
der letzten Nächte zu erholen.
Und dann kam der Tag,
an dem sie zum ersten Mal lachte.

Die Tränen, die lange Reise
und die Schrecken des Krieges
waren bald vergessen.

Eines Abends hatten die Eltern
eine große Überraschung für Tinka:
Sie würde nicht mehr lange
ihr einziges Kind sein!

Tinka bekam zwei kleine Brüder
und zwei Schwestern.
Und seitdem wurde in dem kleinen Haus
in den Dünen nur noch
fröhlich gelacht und gesungen.

Als Tinka größer war,
erzählten die Eltern ihr,
wie sie an einem Tag im Frühling
zu ihnen gekommen war.
Und daß sie Tinka aufgenommen
und liebgewonnen hatten.

Tinka war darüber traurig,
aber gleichzeitig auch glücklich.
Nur an besonders dunklen Regentagen,
da mußte sie immer wieder
an den bösen Krieg denken
und an ihre ersten Eltern,
die sie einfach dem Meer
überlassen hatten.

Später lief Tinka immer öfter
zum Hafen hinunter,
denn inzwischen wußte sie, daß sie
auf der anderen Seite des Meeres
genauso geliebt wurde
wie auf dieser.

An einem Abend im Herbst
packte Tinka alles,
was sie in ihrer Kindheit geliebt
und gesammelt hatte,
in die kleine Bambuskiste...

…drückte sie ein letztes Mal
an ihr Herz und schickte sie
mit der Flut und dem Wind
auf eine lange Reise…